谷川俊太郎

短詩選

谷川俊太郎——著
田原——編譯

目錄

輯二 愛心篇

輯一　詩心篇

石和光

石不反光
石不吸光
石上停著一隻虻
光在它的絨毛上閃亮
光剛剛抵達地球

活著

活著
六月的百合花讓我活著
死去的魚讓我活著
被雨淋濕的幼犬
和那天的晚霞讓我活著
活著
無法忘卻的記憶讓我活著
死神讓我活著
活著
猛然回首的一張臉讓我活著

愛是盲目的蛇
是扭轉的臍帶
是生鏽的鎖
是幼犬的腳

以為

以為自己還活著
一邊歌唱一邊交尾的小鳥死去
以為自己還活著
專心工作的人死去

我並不懼怕自己的死
怕的是小鳥死去
怕的是人的死去

以為自己還活著

風吹動著葉子樹死去
守護著月亮大海死去

以為自己還活著
我寫下的語言死去
在樹和大海和小鳥和一具死屍之上
以為自己還活著

湖

在唯一的一條小徑上迷路
悲傷的根源沒有緣由
你與湖邂逅
沒有誰能從這裡走往前方
除了將自己作為祭品禱告不停的人之外

無可挽回的事情
已經在這裡發生
儘管它
生於何時
並未記載於歷史

陶俑

所有的情感和長了青苔的寂靜時間
正在你的腦中沉澱
忍受著眼睛深處的兩千年之重
你的嘴被天大的祕密封緊

你沒有哭　沒有笑　也沒有惱怒
原因是
因為你不斷的哭　笑　還有惱怒著
你沒有不思考　也沒有感受

可是

你不斷吸收然後將其永久地沉澱

從地球直接誕生　你是人類以前的人類
正因為缺少神的歎息
你才能為美麗的樸素和健康而自豪
你才能夠蘊藏起宇宙

什麼也

什麼也不說
若什麼也不寫
就像被炙烤一樣
隱約浮現出詩的氣息
但是當用語言掬起時
就不知消失到哪裡

攪亂平靜
語言這種粗魯的東西
詩應該隱藏了
沉默中的世界的幻象

六十二首十四行 第一首

無論如何喜悅駐足今天
帶著年輕太陽的心
在連餐桌與槍與
神都不知道之時

樹陰讓人的心回歸
擁抱今天的謹慎
只是來這裡
向著人們佇立的地方

閱讀天空
歌唱雲朵
只是祈禱就小聲地歡喜之時
我忘記了
我無限記憶的事物
凝視太陽，也凝視樹木

春天

在可愛的郊外電車沿線
有一幢幢樂陶陶的白房子
有一條誘人散步的小路

無人乘坐　也無人下車
田間的小站
在可愛的郊外電車沿線
然而
我還看見了養老院的煙囪

多雲的三月天空下
電車放慢了速度
我讓瞬間的宿命論
換上梅花的馨香

在可愛的郊外電車沿線
除了春天禁止入內

七月

與這個世界被創造時相同
光突然沉重地照在人們的肩上

活著
明明是如此單純
同時開始鳴叫的蟬
像剛學唱的合唱團

人們活過的七月

人們活著的七月……
驟雨沖掉妝容之後
幸福和不幸的臉極其相似

草坪

於是我不知何時
從某地奔來
意外地站在這塊草坪上
我的腦細胞記憶著
所有該做的事情
因此我以個人的姿態
開始有關幸福的訴說

六十二首十四行 第六十二首

因為世界愛我
（用殘酷的方式
有時也用溫柔的方式）
我可以永遠孤單一人

我第一次被賦予成為一個人時也一樣
我只是聽著世界的聲音
對於我來說只有單純的悲傷和喜悅是顯而易見的
因為我一直屬於世界

向著天空向著樹木向著人
我投擲自己
為了不久後讓世界變得豐富多彩

……我呼喚人
於是世界回過頭
然後我消失不見

跛行

白楊樹在窗外隨風搖動
眼睛看著世界美麗的表面

詩在白紙上跛行
耳朵聆聽世界無底的縱深

桌子上的一摞白紙
冒著熱氣的午後紅茶
支撐著這個不完整的世界

完整且無情的宇宙
不可能成為語言的東西
有一天會變成語言……吧？

六十二首十四行 第五十一首

即使在親近的風景中
也很難理解世界的富饒
比起久違之物的行蹤
我更想知道此刻的一切

不久滅亡之物的真摯姿態
使我產生素樸的想法
唯有在親近的此刻
我的想法才不會被死亡阻攔

而天空與太陽的靜寂中
被持續掠奪的此刻的痛楚
突然使我恐懼

然而我回到世界中
沒有離別的日子是一天吧
我回到這樣的世界中

死與火焰

因為沒有替我死去的人
我不得不自己死
不是誰的骨頭
我是我的骨頭
悲傷
河的流淌
人們的交談
被晨露濡濕的蜘蛛網
這其中
我一個都帶不走

至少是我喜歡的歌
我骨頭的耳朵
能聽得見嗎？

六十二首十四行 第三十一首

坐在世界裡已準備好的椅子上
突然我消失了
我大聲呼喚
於是留下的只有語言

上帝將謊言的顏料潑向天空
像要模仿天空的顏色
繪畫和人都已死掉
只有樹向著天空昂揚

我想在祭祀中證明
只要我繼續歌唱
幸福就會來丈量我的身長

我閱讀的時間之書
因為寫下了所有其實什麼也沒寫
我追根究柢地質問昨天

悲傷

在聽得見藍天的濤聲之處
我似乎失落了
某個意想不到的東西

在透明的昔日車站
站到遺失物品認領處前
我竟格外悲傷

我，谷川

十幾歲的我什麼都沒想就寫了詩
因為喜歡雲所以寫了喜歡雲
被音樂打動時我就把它翻譯成語言
我不在乎是否為詩
有些語言的關聯是不是詩
這種事人隨便決定就好了
一直寫了六十多年詩的我現在也這麼想

這一段不過只是我的抒發或者
是喬裝成散文想要接近詩歌語言的策略呢

想要排除虛構盡可能正確地敘述自己
發覺這個文體是錯誤的
不能想接近詩歌，是必須跳入詩裡！
如此一來，谷川離詩歌越來越遠了

水

在沉澱物的深處
有漂流而去的物質
在積滿東西的底層
好像有什麼要溢出

清澈的水
一夜間渾濁
無形的漂流物
變成水滴垂落

手掌掬起滿滿的水裡
映現著我們一生的全部
那種耀眼與那種
切膚般的淒冷

六十二首十四行 第四十九首

有誰知道
我在愛中的死亡
其實是用這樣的溫柔去培育欲望
為了再次掠奪世界的愛

盯著人看時
生命的風采讓我回歸世界
年輕的樹和人的姿態
有時在我心中變得相同

不曾為心命名
我所知道的一切觸摸著人們緊閉的口
被巨大的沉默掠奪了

然而當時我也是那個沉默
於是我也像樹一樣
掠奪著世界的愛

胡蘿蔔的光榮

列寧的夢消失而普希金的秋天留下來
一九九〇年的莫斯科……
裹著頭巾滿臉皺紋穿戴臃腫的老婆婆
在街角擺出一捆捆像紅旗褪了色的胡蘿蔔
那裡也有人們在默默地排隊
簡陋的黑市
無數熏黑的聖像眼睛凝視著
火箭的方尖塔指向的天空
胡蘿蔔的光榮今後還會留在地面上吧

死

在明白死因時
死並不會解釋

在抓到犯人時
死也不會賠償

死
就是死

死會突然來臨

沒有任何解釋
秋天的陽光閃耀在那個死之上
同樣沒有任何解釋

鳥羽

沒有什麼要寫
我的肉體被太陽曬著
我的妻子很漂亮
我的孩子們很健康

讓我跟你說實話吧
我以詩人自居
但其實我不是詩人

我被創造且被擱置在這裡

看太陽那樣地落在岩石的縫隙間
大海反而昏暗

在白晝的靜寂之外
沒有想告訴你的事情
縱然你在那個國家流血
啊啊這不曾改變的耀眼！

都市

打開門
推開透明的門扉
步入微暗的室內
沿牆壁轉彎聽自己的跫音
與一個人邂逅
凝視他皮膚的光澤
不知所措地

所有的這些

都自言自語著流逝

那個速度製造著日子
身邊的一切
表面熠熠生輝各有形貌
背後隱藏的東西卻不想讓人窺見
連六月的晴空也如此

冬天

枯枝是
世界的
骨骼

靜謐是答案
寂寥是
歡愉

不知何故
忘了問

為何

走過
樹叢的
冬季

光

請允許我們看
然後為看到的東西命名
沉湎於形浸淫於色
對那無比的美麗
對想要把一切當做幻覺的我們
請允許我們再看一次

請原諒我們已經看了
超越賦予眼睛的極限
毫不畏懼揭露祕密

忘記有一天會為此下跪
對於自己創造出一瞬的閃光
請饒恕將要變得盲目的我們

旅 7

岩石和天空保持著平衡
有詩
我卻寫不出

推敲沉默
沒有抵達語言的途徑
推敲語言
抵達這樣的沉默吧

以樹的形狀

樹搖曳出風聲
是哪裡的風景都無所謂

如果看到的都能感受
一切會美麗地生輝
如果看到的都能寫出
時間也會停留吧

泥土

記憶是
濃密的
暮色

在衰老中
連後悔也
是微弱的光

已不再綻放
花朵們的

種子

現在也繼續播種

讓泥土

歌唱

樹

看得見憧憬天空的樹梢
卻看不見隱藏在土地裡的根
步步逼近地生長
根彷彿要緊緊抓住
浮動在真空裡的天體
看不見那貪婪的指爪

一生只是為了停留在一個地方
根繼續在尋找著什麼呢
在繁枝小鳥的歌唱間

在葉片的隨風搖曳間
在大地灰暗的深處
它們彼此糾纏在一起

拋棄我的語言

我正睡覺時
語言蹲著
在我身體的某處
然後與其他人的語言
開始交尾
在我看不見的夢中

語言宛若陰莖
又硬又尖
語言像嘴角流出的口水

語言留下睡著的我離去
為想成為詩掙扎著
擠在無知的人潮中

Larghetto

我被白樺樹告知
被藍天教誨
被蛇莓嘲笑
被微風戲弄

我想要什麼呢
對滿溢的詩
我無法為其賦予語言
在安靜的正午偶爾聽到

來自遠古的虻的情話
在黃昏的大氣中嗅出
留在草地熱氣裡的永遠的味道

明明心中充滿懷疑
身體卻無法不歌唱
夜晚的道路持續到死亡的盡頭

詩啊

爭奪語言的餌食
最終詩歌在牢籠中自相殘殺
稀疏的樹叢深處，野生的詩歌
一動不動地躲藏

用華麗的流行語來裝飾自己
人們歡聲笑語地走過
其中也有攜帶詩集的女人
好像丟失了故事

被關在鉛字裡的詩啊
你只要在就行了
不用起任何作用，待在那裡就行
直到某一天有人發現你

灰的喜悅

在斜坡下的十字路口
可燃垃圾被雨淋著

昨晚為止還是書的東西
現在是浸水的一坨紙

直到剛才還是文字的東西
現在只是毫無意義的黑漬

但是書還記得

第一次被翻開時的心動
播在書頁田地裡的種子
在少女的心中靜靜萌芽之時

書對自己終究會化作灰
成為使靈魂結果的養分

在平靜的放棄與喜悅中
早有預感

等待

詩歌混跡在語言裡
擠進語言的人群尋找詩歌
明示的閃爍刺痛眼睛
含義悶熱發臭
耳朵為母語的聲調困惑
詩歌將去往何方呢
累得想回到沉默
沉默被喧囂的無意識汙染

悟出了只能等待

挺直地坐在硬邦邦的椅子上
山鳩鳴叫著太陽下的影子逐漸延伸
詩啊你是跟語言長得不像的孩子嗎
還是語言沉默寡言的師父呢

牛

牛慢吞吞地走過來
拖著後腿，臉色難看
據說是從〈十牛圖〉走出來的
很高興沒有禪修就能遇到牛
打算騎牛回家時
牛獨自默默走進了轉角的吉野家
真了不起呢，為了眾生犧牲自己
我無法犧牲自己，離頓悟還遠得很
這一年該怎麼活下去呢

散步

想放棄又放棄不了
像攪動泥水
一次次攪動自己的心
帶著渾濁的心走出了房間

雪殘留在山上
太陽在天空閃耀
鳥站在電線上
路上有人在遛狗

邊走邊望著一成不變的風景
泥漸漸地沉澱
心一點點地透明
世界變得清晰可見
這美麗令人訝異

空虛與空洞

心空虛時
心中是空房
灰塵處處蜘蛛網遍布
被扔掉的菜刀鏽跡斑斑

心空洞時
心中是草原
在通透的藍天下
遠遠地眺望到地平線

空虛與空洞
看似相仿其實不同
心這個容器伸縮自如
時而空虛時而空洞
時而虛無時而無限

黃昏

層層疊疊的雲再次吹向西邊的天空
被如此重複的東西反覆支撐
我們仍會被推向明天
古老的旋律在我每次含混吟唱時復甦
對死者的惋惜加深在淡去的餘光中
這個世界上還有可添加的東西嗎
彗星飛向任何視線都無法抵達的遠方
在大量的書籍和音樂的包圍中人老去
小狗們再次貼近母狗的乳房
我們被如此重複的東西反覆安慰
仍走向不再重複的東西

線

自然而然地
線條繁茂
遮掩了無

文字散開
回歸
那種意義中

緯度敞開
新的花神

覆蓋世界

可是即使散開
即使敞開
靈魂也糾纏不清……

肖像畫

是誰的身姿凝然佇立於此呢
與我酷似卻令我難以相信那就是我
也許是我以前的我，或是我以後的我
或者是一種令我想起我的幻影嗎
從一根根毛髮到衣服的細小縐褶
都因驚人的技術得到了再現
但促成的熱情卻不屬於理性

假如這就是本來的我的模樣
我也絕未見過這樣的自己

我停掉我的全部機能讓自己定格
卻還是無法阻止自己在這個二次元世界生存
視覺與觸覺和聽覺甚至味覺相連
超越了語言的框架統合著人的五感
潛藏在日常情景中的戲劇是畫家創作的

書與樹

書是美麗的包裝紙
包住世界寄給你
作為無可替代的禮物

翻開書頁
就是打開包裝
有時會粗暴地撕破

可是當世界的裸身顯現
你能抱得住嗎？

為了一本書
在砍伐那麼多樹之後

藍

夜色中消亡的藍
是晨光中復甦的藍
藍色的遠方透出的顏色是什麼？

海水深處渾濁的藍
是天空高處澄澈的藍
藍的故鄉在哪裡？

以虛空為目標，天空的藍就會消失
用手掌去捧，海的藍就變得透明

追求藍的不是眼睛

悲傷的顏色，憧憬的顏色
藍是我們靈魂的顏色
是我們居住的這個星球的顏色

馬上

說不定馬上會死
只要你發自內心這麼想
就不想去爭執和爭吵
誰都有馬上死去的可能

死亡會變得不可怕
只要你活得安穩

心總是糊裡糊塗
心總是顫抖

心總是徘徊
心時晴時陰

在這樣的心靈深處
應該有一股清澈的水流

身體是容器

身體是容器，心是容器
總有一天會壞掉變回土
死了身體就完成了使命
宛若夏天的蟬蛻

身體守護著心
心愛惜身體

摘下的花很快枯萎
不摘而凝視的花活得很長

身體想要的東西
與心渴望成為的東西
二者有時會碰撞在一起
宛若火和水

培養自己

壞心與善心
壞事與好事
兩個交織在一起
就像纏繞在樹上的藤蔓

培養自己很難
讓自己枯萎很簡單

引導你的
不是別人而是你自己

你超越你自己
通過不斷發現自己
想要珍惜自己
今天明天永遠

還

一封簡短的死訊
宛如路旁不知名的小花
看著窗外華麗的晚霞
想起了死去的朋友那低調的笑容

那邊也有日常生活嗎
還是只有永恆？
在沒完沒了的雜事中
我邁出了忘卻的第一步

當我置身於斯卡拉蒂
心來到緩緩波動的草場
我被雨霧般的內疚所包圍
我還活著

把自己比作一匹佇立的馬

蟲子

蟲子明天會死去吧
因此蟲子在鳴叫
因此蟲子在歌唱
我明天不會死去吧
因此我能哭
因此我能唱
但是與今日活著的相同
蟲子與我也相同
蟲子振翅的時候
我在閱讀歷史書

隔壁的無花果靜靜裂開
回聲啊回聲啊你回來吧
趁著今天還沒有變成明天

六月

靈魂的皮剝開了
嫩葉白色的綠很痛
少女們的歌聲很痛

不知道該選擇哪個
世界的菜單
我明明如此的飢餓

風很生氣
風的憤怒是

無法替代

然後我不論想什麼
它總是
隱約與罪惡相通

無題

不把話說盡為好
不對，還是
不說為妙

把語言收進
自己的腹中
等待它成熟

靜靜
深深地

沉默
從語言生出的力量
是與暴力正好相反的
力量

故鄉

靈魂在這個世上的故鄉是音樂
越過耳朵聽到的聲音和看不見描繪的地平線
靈魂歸去
人卻在詫異它去了哪裡

在這個世界的故鄉之前
不是還有那個世界的故鄉嗎？
靈魂也許知道
這樣想的人急不可待
寂寞又快樂

金魚

大的魚用大嘴
吃中型的魚
中型的魚
吃小魚
小魚
吃
更小的魚
生命以生命為祭品
熠熠生輝
幸福以幸福為養分

綻放花朵
再深的喜悅之海
不可能不融入
一滴眼淚

自然不語

自然
不語
也不歌唱
只是活著

人
在混沌中
尋求
秩序

孕育語言
在意義中
困惑

背對著
草木與
天空

詩是什麼

——悼念小田久郎[1]

詩是什麼？
詩應該是怎樣的？
對這個無言的發問
回答的不只是作者

小田先生一直做著
有時比作者更廣泛更深入的回應
以不拘泥於自己

1 小田久郎（1931-2022），日本思潮社創始人，被譽為日本戰後現代詩之父。

也不依賴他者的生活方式

在淤水下的漩渦
在急流的飛沫
在井底未知的深處
收集詩的碎片

小田先生不厭其煩地
用詩之光照亮日語
活在散文的真實裡
活在含義的宇宙中

打赤腳

打赤腳
站在地面
地球
不可靠

天空
確認了
活著是
蝴蝶

厭倦
有毛毛蟲的
地方

在天空
迷失於
星群

明天

隨著年齡的增長
開始仔細地看院子
萌發的嫩葉很珍貴
野鳥情侶令人欣慰

從亡父那一代開始居住的房子
原本是樹木的柱子
生鏽的釘子原本是礦石
一切人造物皆屬於自然

什麼也不做什麼也不想
學會了這樣的本領
明天愈來愈近

為了不摔倒我站起身
開始步入能樂的時間
拄著夢一般柔韌的拐杖

輯二 愛心篇

詩歌

親愛的人啊
請你別戴帽子回頭看我
當樹縫間的陽光照在你的額頭上
我要寫下詩的第一行
可是，當微風吹來你的髮香
我會拋棄詩歌親吻你

你

你是我喜歡的人
從你穿著的變化
我覺察到了夏天的來臨
老狗懶惰地盯著我們的午後
去空無一人的美術館
看古印度的工筆畫吧
菩提樹下相互擁抱的戀人們
一定跟我們一樣幸福又不幸

你是我喜歡的人

至死我都會喜歡你吧
因為與愛不同的喜歡這件事
不需要任何誓言
我們在七月的陽光下
走出美術館喝冰紅茶解渴吧

這就是我的溫柔

可以想關於窗外的嫩葉嗎
想著關於它對面的藍天也可以？
可以想關於永遠和虛無嗎
在你即將死去時

在你即將死去時
可以不去想關於你的事嗎
去想離你很遠很遠的
活著的戀人可以嗎？

那些都和想你有關
我可以這麼相信嗎
可以變得那麼堅強嗎
託你的福

時間

你想起兩隻
蜷著的貓
我想起
磨平的石階

再也回不來了
因為那件事那一天接近永恆
它傷害我們
比夢更難把握的一天

今天就像那一天
雲飄動太陽藏起
無論我多麼愛你
都不夠

戀愛的捉迷藏

當早晨來到橢圓的地球
不知誰和誰在捉迷藏
藏好了嗎
還沒有
尋找的人
正在親吻躲藏的人的耳垂

當夜晚來到橢圓的地球
讓我和你通過
去路順暢

回程卻可怕
這是哪條小路
這是兩人戀愛的小路

一天

讓我哭
讓你哭
長風一樣疲倦——

叫不出東西的名稱
我們只是手牽手沉默不語時
又一天的早晨來臨

填補時間
在填埋兩人之間的沙子上

在我們播下小小種子的那天早晨——
彷彿已經沒有黑夜
在陽光照耀下的小巷深處
我們聽著
屬於很多人的那個早晨
也在向夜晚走去

肩膀

靠在你溫暖毛衣的
肩膀上
我不語
你也不言

莫札特
被唱得如此優美
屋外樹葉飄落
我什麼時候死呢？

只需要肌膚的溫暖不需要心
當我這麼想時
回過頭發現
你一直盯著我

只用眼睛

只能盯著看
不，只想盯著看
手與手指不動，輕輕地
想用目光擁抱你
只想用眼睛愛你
它比語言正確且有深度
永遠盯著看下去
想跟你一起去遨遊心的宇宙

我想的這些

只靠凝視能傳達嗎
給現在哼著歌
邊晾衣服的你

獻給你

我啃過剛摘下來的蘋果
我曾經一個人對著大海唱歌
我還邊吃義大利麵邊聊天
我吹過一個紅色的大氣球
我還小聲說過喜歡你
嘗過鹹鹹的淚水滋味
我的嘴唇……

現在第一次——獻給你
在這個世界無聲的夜晚

山丘的音樂

你凝視著我
其實你沒有看我
你看的是山丘
爬上去能看到死後的世界
平緩山丘的幻影
在那裡我不過是點綴

音樂停了
你回到我身邊
像沒有結尾的故事裡

陌生的登場人物
我的心變成迷路的孩子
不厭其煩地尋找你的愛

分別

愛曾帶著優美的身姿和沉默活著
我竟然像孩子一樣未曾覺察
失去的東西已經離我遠去
我甚至無法看它一眼
但是，我仍被這裡沒有的東西填滿

關於愛我曾相信過什麼呢
我無法區分自己是否擁有
失去之後我才初次懂得
失去的是什麼

愛是身體的一部分
在痛苦中我終於開始覺醒
因此現在我明白
小鳥、貓、狗牠們的憧憬以及痛苦
以及我也像牠們一樣正在去愛

畫

女孩用蠟筆讓心中的地平線
移動到圖畫紙上
眼前是喜歡的男孩與自己的背影
向著地平線手牽手

幾十年過後她忽然想起
過去畫的這幅畫
以及那時自己的心情
和那個男孩的汗臭味

不知為何流淚
從背對丈夫躺著的她的眼裡

傍晚

在無人的鄰屋
彷彿有人在呼喚著我

我急忙開門
這裡很暗
那裡卻陽光燦然
好像剛剛有人走了
影子眼前一晃
但我追去時已無任何蹤影
變成理所當然的傍晚

花瓶落滿塵埃
打開窗後儘管那裡天空明亮……
彷彿有人如我在呼喚著

螞蟻與蝴蝶 1

螞蟻因它們的小而倖存
蝴蝶因他們的輕而沒有受傷
優美的語言也許能耐得住大地震
但此刻我們還是謹言慎行，將心中沉默的金
獻給壓在廢墟下的人們吧

1 此詩是為追悼二〇〇八年四川大地震遇難者而創作的。發表於二〇〇八年八月號《NHK中國語講座》雜誌連載的「中日漢俳接力」欄目，後又被《現代詩手帖》（二〇〇八年八月號）「面對四川大地震，詩歌的力量是什麼」這一特輯轉載。作為在日本社會為四川大地震募捐的發起人之一，谷川俊太郎的這首短詩在讀者中起到了一定的號召力。

心的容器

心情像泉水一樣湧現
我不知道心砰砰直跳的理由
初次的心情甜蜜又內疚

悲傷、喜悅、不安、希望
矛盾的心情融為一體
漸漸變得透明

心的容器因心情盈滿
漲得滿滿當當幾乎要溢出

向著那個人（這是戀愛？）

想讓這顆心變得更寬更廣
為了能容納那個人的一切
還要容納下大地天空，與那個人一起

天使與禮物

什麼是天使的禮物？
你能分辨出來嗎？

不是花也不是星星
不是點心也不是開朗的心

那大概是
我們自己……

天空

若是我不在你身旁
你就彷彿已不在人世
從窗口看到的天空很蒼涼
剛攤開的早報上的標題也很孤單

若是不看著你的臉
你就彷彿已進了墓穴
我一個人看著天空
比起天堂我更想在地獄見到你

時刻想和你在一起
未來還能持續多久呢
天空的盡頭仍是天空
所以不想一個人看，越看越恐懼

快點回來
寂寞不是撒嬌
寂寞是兩個人活著的證據

世界的約定

晃動在淚水深處的微笑
是亙古以來世界的約定
今天也是從兩個人的昨日中誕生
即便此刻孑然一身
宛若初次的相逢

回憶中沒有你
化作微風輕撫我的臉

在陽光斑駁的下午分別後

也絕不終止世界的約定
即便此刻孑然一身明天也沒有盡頭
你讓我懂得
潛伏在夜裡的溫柔

回憶中沒有你
你在溪流的歌聲中在天空的蔚藍裡
在花朵的馨香中永遠活著

替她發言

「路過花店前時想吐
每一朵五顏六色的花都是利己主義者
藍天什麼的想讓它隱藏在厚厚的雲層裡
星星什麼的都給我掉下來好了
大家怎麼好意思滿不在乎地活著啊
用珠光寶氣的東西裝飾自己
不停地查看郵件
我　想放棄做人
想變成石塊讓誰用力地拿起來丟
不然就乾脆變成泥水融入大海」

她面無表情地啜飲摻水的梅酒
T恤下的兩團隆起
因為無法發言而背叛了心
光明正大地主張著生命

脫掉

脫掉衣服
你變成裸體
脫掉裸體
你變成自己
野貓凝視著你

脫掉你
你就不見了
但只是在語言上
七葉樹的葉子隨風飄落

即使脫掉語言你也存在
這樣稱呼你的是詩
蛤蜊在岸邊呼吸著
收集被脫掉的語言
詩意外的變成你

你脫掉毛衣

悲傷的天使

滴落在白色的翅膀上
人類鮮紅的血
理應癒合的傷口
又再裂開

天使看不見它的顏色
拍打著翅膀
使紅色變淡
在天使意想不到的地方

人活著
一邊祈禱著希望成為天使
人死去

裹著樹木的綠
染著大海的藍

凌晨四點

枕頭邊的手機響了
「喂喂」了幾句
只聽到對方的鼻息聲
因為知道是誰
沒有掛斷

不說話很可怕
我的心凍結了

在通往語言的途中

向宇宙散射的無聲電波
把變成迷路孩子的兩顆心
勉強連結在一起

晨光能消散心的暗夜嗎？

乳房 1

如果溫柔具有形狀
它一定是這樣的
自古至今從不改變形狀

乳房 2

用眼睛觸摸　用手指觸摸
用嘴唇觸摸　用舌頭觸摸
嬰兒和大人都在重複這樣的動作

乳房 3

女人都有名字
但乳房沒有
像大山深處的泉水

水的比喻

你的心不沸騰
你的心不冰凍
你的心是遠離人居的寧靜池塘
不管什麼樣的風都不起漣漪
有時讓人懼怕

我想跳進你的池塘
也想潛入水底看看
是透明還是渾濁
是深還是淺

因為不知道而猶豫了
我想大膽地丟一顆石頭　向你的池塘裡
如果水波打濕了腳
如果水花濺到了臉
我會變得更愛你

愛之後

愛之後
我垂下
眼簾
愛之後
傾聽
夜之海

愛之後
我遺忘
愛的名字

愛之後
輕輕地
鬆開
手

愛之後
入睡……各自的心

滿懷希望的天使

原野和海邊
街角和房間裡
都有我喜愛的東西

不過讓我喜歡得要死的東西
哪裡都沒有

晚上和天使一起入眠

想讓山擁抱

想融入天空
想被吸進沙土
扔掉人的形體

沿著赤裸裸的生命之河

愛

當一個人的身體深深地嵌入另一個人的身體時
靈魂會潛伏到更深處
不被情感沖走
也不會被知性困惑
人漸漸變成非人的活物……

被靈魂保護
向愛靠近

影子與大海

當我傷害某人的時候
痛苦的是這個我
當你讓某人痛苦的時候
受傷的是那個你

痛苦和傷害相伴而來
像影子一樣無處不在
我讓某人快樂的時候
幸福的是這個我

你讓某人變得幸福的時候
快樂的是那個你

幸福和快樂在歌唱
像大海一樣永恆

絮叨

短信裡寫「喜歡你」
還添加了許多心形
可光看文字總覺得有點假
莫非是因為不是真心喜歡你？

可是見面看著你的眼
在接吻前說了聲愛你
才知道真的愛上了你
聲音比文字誠實

然而他默默無語
那一刻我稍微有點嫌棄
心這東西總是絮絮叨叨
有時真煩人呀

七月之歌

靠近大海
靠近太陽
我想愛你
靠近樹
靠近那棵樹投下的柔影
我想追求你
一切傲慢的愛
被寬恕
我們被寬恕

我想獻給你
這片大海
這個太陽
這世界的全部
作為我愛的證據

一個人

閃耀的晨光下
我想看你赤裸的心
微風吹過的樹林裡
我想知道被你藏起來的願望
即使人只會互相傷害
初次出生在這個世上時
你觸摸過的世界無比可愛

沐浴著滾滾大海濺起的飛沫
我想看連你也不知道的你

我想知道隱藏在
凝視我的瞳孔深處的提問
即使哪裡都沒有答案
初次出生在這個世上時
你觸摸過的世界無比可愛

鏡子

原來這就是「我」啊
兩個小眼睛兩個平凡的耳朵
鼻子嘴巴各一個
雖然完全看不見內在
估計也是一團糟吧
總之又多一歲
先說一聲恭喜了
因為太陽今天依舊升起來
富士山也一樣聳立
我也會好好的活下去

當然是跟你一起
跟所有的生命一起

廣闊的原野

廣闊的廣闊的原野
蹣跚地走過不知不覺地長成了大人
喊著女人的名字也被叫著女人的名字

曾經想原野總會有盡頭
也曾相信它的對面總會有什麼
於是不知不覺地變成了老人

耳朵只聽想聽的事情
遠處雜木林中坐落著莊重的石屋

那裡的人已變成木乃伊……卻仍美麗

廣闊的廣闊的原野

到了夜晚天空綴滿閃爍的星星

邊走邊想我怎麼還沒死呢

替去死的朋友代言

你應該看到了
從我的右眼角
流出的一行淚水

不是悲傷
不是悔恨也不是留戀
更非憐憫自己
也非自我滿足

我只是深深地感動

自己的一生在此時
化作了詩

夢

站著，被花朵包圍
你在我的
夢中

時間停止
不見人影

除了我們
除了微風和一隻瓢蟲
然後

你微笑著
說
不愛我

過分親暱的他人

胸口的凹處
有一粒閃亮的汗珠
雖說只要我想
什麼時候都可以觸摸——

此刻這不可思議的優雅
你昂起頭
向著七月的大氣中走去
有如第一樂章的第一主題

想與這樣的你交談
說些隨意無邏輯但正確的話
妻子啊
你是過分親暱的他人

黃昏

為迎接死者的夜晚
今天剩下的是一個黃昏
在薄暮中
是久久回頭的一個脖頸

為了窮人的明天
今天剩下的是一個黃昏
手牽手
唱著兒歌往家走

在靜靜的雨夜

我一直想這樣坐著
聽新的驚奇與悲傷沉浸在寂靜中
不相信神卻一邊對神的氣息撒嬌
拾起遙遠國度的林蔭樹葉
沐浴過去與未來的幻燈
相信碧海上柔軟的沙發
然後　比什麼都
無限地熱愛自己的同時
一直想要這樣默默地坐著

心的胎毛

隱藏起來的心
沒人知道
即使自己也意識不到的心
在那顆心的胎毛
輕輕觸摸著這音樂
對不起
比你的任何愛撫
更加溫柔

宇宙因基本粒子的細膩

而成立
知道這個的
肯定只有靈魂吧
你的心
會來感受我的靈魂嗎？

地上

想說又說不出口
因為太虛情假意
想擁抱又抱不了
因為太過於親暱

光歸還風和樹葉的背面
兩個人只是默默行走
不是羞澀，真的不是

有一說話就被破壞的寂靜

有一觸摸就消失的柔情
因此，五月讓人畏懼

草在空地是濃綠
在幼蟬的蠕動裡
孑然一身更難過
兩個人只是默默行走

總有人

總有人在生氣
當我抽抽搭搭哭的時候
在世界的某個房間一隅
總有人在生氣

總有人在哭
當我哈哈大笑的時候
在世界的某個路旁
總有人在哭

總有人在笑
當我大發脾氣的時候
在世界的某一片天空下
總有人在笑

誰在哭的時候

哭泣的望遠鏡
找到哭泣的星星
哭泣的顯微鏡
找出哭泣的原形
哭泣的你
尋找哭泣的我
哭泣的世界停止哭泣時
被眼淚孕育的一個細胞
會在沙漠的中央
開始生命

窗

正發生的事
明明如此簡單
其緣由卻十分複雜
從窗口照進的陽光
照不到
心裡
午後
老鼠在天棚上

逃竄

液晶平面上
敞開的窗
無限重疊

你的眼睛
從那裡
看不見

五月之歌

請原諒我
請原諒我的幸福
比我不幸的人啊
如果我的幸福
構築在你的不幸之上

但請相信我
請相信我的幸福
在五月的微風裡露出胳膊
不依靠任何人

我要抓住我的幸福

幸福的我煢煢孑立
幸福的我的責任是歌唱幸福
像初次相遇那樣高歌
——請憎恨我吧
如果憎恨能帶給你幸福

對不起呀

說了一聲對不起後
因為你微微地點了點頭
我又說了一聲對不起
第一句對不起說給昨天的你
之後的對不起說給現在的你

在昨晚徹夜的夢中
我想我並沒有錯
我有我的理由
可是今天早晨醒來後

夢已經記不清了

被夢的濾紙過濾
情緒的垃圾被沖走
只留下純粹的對不起
寫信、打電話都覺得不合適，早晨
跑了四公里，敲響你的房門

謝謝的深度

心不在這裡
只是動嘴說謝謝
只是信筆寫謝謝
得意洋洋的謝謝

從心底
像泉水一樣汩汩湧出
把它轉換成語言令人心焦
靜靜溢滿的謝謝

心情的深度各有不同
一句謝謝
暗藏能超越每個人心的
世界的微笑

輯三　童心篇

大人的時間

孩子過了一週
會增加一週的伶俐
孩子一週內
能記住五十個新詞
孩子在一週之間
可以改變自己
大人就算過了一週
卻還是老樣子
大人在一週之間
只翻同一本週刊

大人花了一週的時間
只會訓斥孩子

壞話謠

就算是爸爸　也別囂張啊
進了浴室　還不是光溜溜的
雞雞不也一樣　晃來晃去的
一百年以後　你在做什麼？

就算是是媽媽　也別囂張啊
作了惡夢　不也哭哭啼啼的
不也是偷偷摸摸　請人算命
一百年以前　你在哪裡呢？

臉

沙漠是世界的額頭
樹木是世界的頭髮
天空是世界的瞳孔
山是鼻，火是唇
大海是世界的面頰
世界是一張臉
我失明的眼變成兩顆黑痣
我凍結的心變成小小的耳環
世界是一張
可怕的微笑的臉

藍天的一隅

在藍天的一隅
湧現一片雲
好像能摸到　又夠不著
在藍天的一隅
一片雲消逝了

一隻小鳥
飛過藍天的一隅
好像能抓住　又抓不著
在藍天的一隅
一隻小鳥消失了

難問題

搖籃晃動就好
樹木在風中搖曳就好
船在波浪中搖盪就好
風鈴搖晃就好

可是，地面的搖動
該怎麼接受呢
詩歌發問

是一個難問題

我蕩著秋千
想不出答案

想打架你就來

想打架你就來　光著身子來
要是光身子　會害怕的話
你就頭上頂著　油鍋一起來
雞雞礙事的話　你就握著來

想打架你就來　一個人過來
要是一個人來　會害怕的話
你就帶著　三老婆一起來
喉嚨乾的話　你就喝完酒來

想打架你就來　給我跑過來
要是跑著過來　會害怕的話
你就搭上　破爛的火箭過來
今天不行的話　你就前天來

畫

好像無法渡過的河對面
有好像無法攀越的山

山的對面好像有大海
海的對面好像有城鎮

雲變得黯淡——
空想是罪過嗎

在白色的畫框中
有這樣的畫

習題

若閉上眼
就能看見神
若半睜著眼
神就不見了蹤影
睜開眼睛
是否能看見神
就是習題

狗與主人

在電線杆前抬起一隻腳
小狗撒尿
皮繩的另一端
主人靜靜等待

在書店前駐足
主人站著閱讀
皮繩的另一端
小狗靜靜等待

皮繩連接的兩個靈魂
都不會不死
狗嗅著風
主人在嗅著什麼呢

窗戶

微微彎曲的水平線
支撐著無數的積雨雲
孩子的小手
指向無名之神的隱身處

窗外七月的午後風景
是一幅無言詩集的插圖
被刻在風的手上
是世界的安靜微笑

大便

聖經裡　雖然沒記載
亞當　應該也有大便過吧
還有夏娃　也在伊甸園的草叢裡
拉過蘋果的大便吧
自從出現在這個世界　這個
人類　就沒停過
不是一直　在大便嗎
就算現在　作為肥料的功用
已經被搶走了　然而
大便　從沒有失去

它的氣味和光澤
大便　與歷史一樣古老
和每天的太陽一樣　嶄新
報紙　卻從來不報導它

春天

越過花朵
是白色的雲
越過雲朵
是深邃的天空

越過花朵
越過雲朵
越過天空
我可以一直上升

在春天的某一刻
我跟神
悄悄地交談過

河

往事
又回歸於我
我變成了河
陌生的記憶
當聆聽那個夜晚
我一下子便湧進其中

可是，我無法填滿世界的井
無法變成所有的雲
甚至是一滴露水

今天

遠處街道的正午景象
落在港口的夕陽朝日
我的徒步勝似旅行

白晝，天深藍得緊閉
夜晚，天對著星星敞開
與眾神共眠白天

與人們一起共眠夜晚
我看得比眼睛更喜歡
我哭得比死還傷心

倒塌

最初有人用一隻大手
一口氣摞在一起
之後只會逐漸倒塌
只是每天一點點地倒塌
喊也不應，喚也不應
我知道它正在倒塌
但這期間要做的事情不計其數
流汗、抽泣、大聲呵叱
在倒塌的東西上睡了一夜
日子只是不斷倒塌

彩虹

我 閉上眼睛
卻 聽見雨聲
我 堵住耳朵
卻 聞到花香

我 屏住呼吸
但 時間依然流逝
我 一動不動
但 地球依舊旋轉

就算我　消失
有另一個孩子　玩耍著
就算我　消失
一定有　彩虹在天空

為一幅現代壁畫

昂貴的林蔭道
繞著行星轉圈
色彩紛呈，點綴著
像秋天的腳踝

黑色的冥想
白色的冥想
都是獻給諸神的氣球的砝碼

螺釘和署名

磚頭與剛毅
來自箱子的東西啊
請等待被雕刻

飛機

飛機的　翅膀
像刀子一樣
對不起呀　天空
很痛吧

但是　請忍耐
不要讓飛機掉下來
嬰兒也
坐在上面呢

問與答

彼此成為彼此的提問
無法抵達答案
不久我們的語言
便溺死在每個人的心之井
世界有問題時
回答的只有我
我有問題時
回答的只有世界
詩終究是血
在寂寥中星星不停地旋轉

對話在只有我一個人的心中
永久地沉默
無奈地成熟吧

外婆和天空

外婆想去天空呢
想蓋著雲的被子睡覺
在有人叫醒之前
什麼都不用看
什麼都不用聽

我也想去天空呢
想輕飄飄地漂浮著
不用學習
不會被欺負
老鷹和朋友發出咕咕的叫聲

是誰……

是誰殺害的？
無名的士兵
在看不見的邊境上

是誰製造的？
冷酷血腥的槍
用愛撫過孩子的手

是誰決定的？
對與不對

以冠冕堂皇的口吻
人人都在尋找著那個誰
自己以外的誰——

夢

夢是　我
心中的　電視
明明睡著了
卻什麼都能　看得到

怕得要死
又無法逃跑
就算不想關掉
還是　被驚醒

照片

拍照片
拍戀人的照片
拍嬰孩的照片

拍照片
拍基地的照片
拍絕密的照片

拍照片
拍月亮的照片

拍火星的照片
沒辦法拍成照片的
是人的心

竊取

能竊取名譽
卻無法竊取自豪
能竊取語言
卻無法竊取詩歌
能竊取家
卻無法竊取藍天
能竊取衣服

卻無法竊取裸體

能竊取帝王

卻無法竊取自己

微笑

因為無法微笑
藍天浮起雲彩
因為無法微笑
樹木隨風搖晃

因為無法微笑
狗兒搖動尾巴——可是人
儘管能夠微笑
卻時時將它忘記

還因為能夠微笑
用微笑騙人

魚乾

魚　死後
也不閉上　眼
看著我　和弟弟
和媽媽

魚　不要生氣
因為從頭　到尾
一點不剩地　吃光了
魚刺　不要卡在　喉嚨裡

魔術師

有的，沒弄虛也沒作假
人生也是魔術，只是看不見
僅僅是
鏡子後面有什麼嗎？

如果看到了
鴿子會死在帽子裡
愛情也會死在我心中

十二月

請給我　錢買不到的東西
請給我　手摸不到的東西
請給我　眼看不到的東西
神　如果您真的存在
請給我　一份真心

無論　那會多麼痛苦
我都能和大家一起　努力活下去

搖晃

搖搖晃晃
晃動著
不知不覺之間
開始晃動
晃動著
樹木
心
我
連世界
也在緩緩地搖晃

因為被晃動
而不安
但要像嬰兒一樣
任由身體
搖晃

假寐

身心俱疲
靈魂迷失

孩子們在圍牆外邊走邊笑
陽光緩緩轉動影子
對著死去的人發出無聲的問候

靈魂也有睡眠嗎？

枯葉之上

陽光照在鋪滿地面的枯葉上
雖然依舊看不見也聽不到
但也許因為接近於未知
靈魂變得很謙虛
心這麼想

一隻貓無聲地踩著枯葉跑來
如果有安穩的一天其他什麼都不要
感覺到靈魂彷彿在低聲私語
心貼近晨光

靈魂

靈魂不可怕
在比可怕的心更深的地方
存在著靈魂

靈魂很安靜
在比喧鬧的身體更深的地方
存在著靈魂

如果人透過眼睛
用靈魂凝視

各種東西
會看到與平常不一樣

如果人透過耳朵
用靈魂傾聽
從雜音中
會聽到清澈的聲音

朝陽

小狗
跟在大人的身後
小碎步走著

無論是狗還是人
都不要代入名字
旁觀這一情景
思考
詩是否會成立

詩總是以無言的形式存在
賦予它語言的是人類

小狗
跟在大人的身後
小碎步走著
朝陽眩目

苦笑

詩歌是大屠殺的倖存者
在核子戰爭中也會存活下來吧
可是人類呢

在嶄新的廢墟上
活過來的貓喵喵叫
詩歌苦笑

活字和字體都溶化了
人聲斷絕
世界是誰的回憶？

渴望

不僅僅是渴望水
是渴望思想
不僅僅是渴望思想
是渴望愛
不僅僅是渴望愛
是渴望神
不僅僅是渴望神

不知道渴望什麼
請給我水，給我水……
從那天起我就一直在渴望

乒乓球

又硬又白的小球
穿梭於人與人之間
以此決定勝負
乒！乓！
以此決定勝負
頑固地回擊
乒！乓！
一刻也不能鬆懈
乒乓球
已不是玩耍

而是戰鬥——
不知為何覺得好笑
不知為何感到寂寞
地球的景象

星期天

星期日休息
但是太陽公公不休息
閃閃發光照著噴泉

星期日休息
但是駱駝不休息
不停地行走在沙漠

星期日休息
但是肚子不休息
咕嚕嚕地還會餓

雨

下雨時
聞到　泥土味
下雨時
腳底　癢癢的

下雨時
大街　安靜下來
下雨時
想起　過去的事

笑著的人

笑著的人肚子在晃
笑著的人口中有蛀牙
有人看笑著的人生氣
但對笑著的人不忍心說別笑
雖不知道笑著的人是好人還是壞人
但笑著的人和我關係不錯
狗在笑著的人的腳邊很害臊
笑著的人也可能突然哭出聲

心的顏色

我都想了些什麼
它造就了現在的我
你都思考過什麼
這就是現在的你

世界由大家的心而決定
世界因大家的心而改變

嬰兒的心是一張白紙
長大就染上顏色

我的心是什麼顏色？
想把心染上美麗的顏色
美麗的顏色一定幸福
如果透明會更加幸福

祭祀

神轎裡有什麼
年幼的孩子無從知曉
只有持續的鼓聲
宣告著某種東西的到來
躲藏在家家戶戶深處的東西
一下子就冒出來了
孩子害怕母親的美麗

天空

忘記天空這個詞
還能看到天空嗎？
像剛剛出生的嬰兒

第一次看到天空時
嬰兒沒哭
也沒笑

非常非常認真
跟宇宙面對面的

是一張靈魂的臉

我想要天空
不是語言的天空
也不是寫真的天空
而是自己心中真正的天空

睏

為什麼這麼睏呢
山躺臥著
天空也閉著眼
樹木好像站著打瞌睡
人從白天爭先恐後地睡去
作著大大小小的夢
我想成為出家人
這也不過是夢嗎
強忍著睡意
丟棄了撿拾的貝殼
但不能丟掉大海

大海

叔叔　在某天早晨
去了大海
就再沒回來
叔叔　歌唱得很好聽

為我做過　竹蜻蜓
帶我去過　廟會
橡膠長靴上　沾著魚鱗
為什麼大海　一臉不知情呢

譯後記

語言的匠人——谷川俊太郎論

田原

1

想要定義一位優秀詩人絕非易事，但我認為可以簡短地概括為：他（她）的詩能否經得住時間、讀者以及翻譯的考驗。

也有人說，閱讀量高、熱賣、能成為話題的詩就是優秀的詩。我對這一說法強烈存疑。無論什麼語言，可能都存在轟動一時、曇花一現的詩。例如，在某個特定時代，為迎合某個時期發生的政治運動或重大社會事件等而創作的作品，或與意識形態相關、帶有濃重政治色彩的作品，當然也包括在網路時代投機利用網路等宣傳手段的作品。遺憾的是，在時間面前，這類作品基本上都是無力的，也是無效的。

優質的詩歌會成為時代和讀者的記憶，但與之相比，能被時間銘記才更為重要。因為詩歌是時間的藝術。在此，有必要再追加一個條件——是否能超越詩人的母語。一位詩人的作品只局限於自己的母語讀者，或只是被自己的母語讀者嘖嘖稱讚，站在母語的立場這固然不錯。但如果其作品無法越過母語，或不被母語之外的語言（外語）所接納，「優秀詩人」的評價就會大打折扣，毫無疑問這類詩人在外語面前是無足輕重的。真正優秀的詩人，他（她）的作品不僅會在母語中被公認為一流，而且在翻譯後也能夠繼續保持或接近母語中的一流品質。

谷川俊太郎便是經得住時間、讀者、翻譯這三者考驗的詩人。他於半個世紀前問世的不少作品至今仍未被時間淘汰或疏遠，讀起來毫不過時，閱讀時幾乎感受不到時代、社會和時間的痕跡。他的詩歌吸引著各個年齡層的讀者，一代又一代人的閱讀熱情絲毫不減，只能說是一個奇蹟。被翻譯到各個語種的六十餘冊詩集和詩選集在國外也備受好評，屢次獲獎，不斷重印。從明治時期到今日的令和時代，若要說日本現代詩人中誰在國外出版詩集（外文版）最多，誰最受歡迎、最為知名，非谷川俊太郎莫屬。一八八二年，《新體詩抄》開創了日本現代詩的先河，至今已縱橫沉浮、停歇再出發一百四十餘年，這期間出現過一些劃時代性的詩人。但如果找出幾位在時間、讀者、翻譯三方面的佼佼者，毋庸置疑，谷川俊太郎是在外語中接受度最高的日本現代詩人。

2

二十幾年前，偶然邂逅谷川俊太郎的詩，我便時常感歎：自己是何其幸運，能與這樣一位天才生活在相同的時代！我們呼吸著相同的空氣，共用著相同的資訊，或許偶爾會在同一家咖啡店喝咖啡，同一家商場購物，同乘一架飛機或一輛地鐵……如若好運降臨，說不定還能和這位天才不期而遇。偶然接觸他的詩並成為他的譯者和研究者，是我作夢都沒想過的事，這一切得感謝命運的安排。

繪畫界、音樂界、文學界、建築界、影視界、體育界……各行各業都存在天才般的人物。他們被各個時代的人們所喜愛追捧，不會敗給時間。可我總覺得，也許唯有詩人中的天才是亙古以來被神明所特別眷顧的吧。且不說其他國家，單說唐朝詩人裡，便有詩傑王勃、詩狂賀知章、詩佛王維、詩仙李白、詩聖杜甫、詩魔白居易、詩鬼李賀等。他們都是戰勝時間的詩人。如果說日本的松尾芭蕉，大家立刻就會想到他被後世賦予的「俳聖」美名。

幾乎與孔子活躍於相同時代的歐洲文學源頭——聖人柏拉圖曾如此定義詩歌：「詩是天才恰遇靈機精神惝恍時的吐屬，是心靈不朽之聲，是良心之聲」。他用到的「靈機」（靈感）一詞在《聖經》中也頻繁出現，充滿神祕色彩，可謂是上帝所為吧。這個詞在希臘語中指神吐納的氣息，來無影去無蹤，卻與神性息息相關。這樣看來，身披神祕面紗的「靈機」應是與神明最為接近的詞語。杜甫等詩人處於盛唐，而開創了盛唐詩風的初唐詩人、時任中書令的張說也在詩中寫到過「靈感」：「詔書期日下，靈感應時通。」還有一位唐朝詩人劉昭禹作詩解釋「靈感」之意：「句句夜深得，心從天外歸。」有人說「靈感」是自古以來專為詩人誕生的詞語，我十分贊成。

雖然「靈感」一詞在現代被廣泛使用，但在中國古代，據說它是詩人和詩歌的專屬詞語。外國作家和詩人談論靈感的也不在少數，法國現代小說之父巴爾扎克說過一句有趣的比喻：「靈感是詩人的女神。」谷川俊太郎擁有著旺盛的好奇心，是等待「靈感」降臨的「靈感型」詩人。他的這些特質說不定也是與生俱來的。實際上，他的詩人形象更符合列夫・托爾斯泰的名言：「天才，百分之一是靈感，百分之九十九是汗水。」用一個公式描述則為：天賦＋勤奮＝谷川俊太郎。我相信，無論是何等的天才詩人，如果沒有後天的勤勉與努力，鍥而不捨地讀書、思考與寫作，只一味憑靠那點天賦才氣去寫詩，其創作生命定會是曇花一現，很快墜入江郎才盡的泥淖。谷川俊太郎也不例外，如果沒有惜時如金的勤於進取，就不會有八十多冊形式多樣的原創詩集、二百餘冊繪本以及幾十多冊隨筆、劇本和譯著的出版。他甚至還涉獵影視創作。

3

迄今為止，我與谷川俊太郎一起參加過無數次的國內外詩歌節、廣播電視節目等活動，也進行過很多次訪談與對話。他為人的謙遜態度、珍惜寸光的品質比起他的天才性（雖然他是天才）更加讓我印象深刻，受益匪淺。無論走到哪裡，他總是一有時間便馬上翻開新買的書（不是詩集）靜心閱讀。每每回想起他戴著虹色框眼鏡沉湎於字裡行間，宛如帥氣十足的王子一樣完美的身影，我都不禁感歎，即使是天才也要這樣日積月累的努力啊！執教東北大學在仙台生活的幾年間，我曾把跟他的合影貼在書桌前的牆壁上，並不是崇拜，而是為了用他的笑顏激勵偶有懈怠的自己：要像谷川一樣每天勤於學、善於思、敏於行。谷川俊太郎偶爾會在公開場合半開玩笑地說：「沒上過大學讓我感到自卑。」可事實上，他現在的知識儲備足以媲美一座小型圖書館。半個多世紀以來，谷川俊太郎與活躍在國內外第一線的詩人、作家、研究學者、導演、音樂家等做過無數次的對話和交流。每一次，對話的另一方大都會一邊看著事先準備好的筆記或偶爾用筆在本子或紙上寫著什麼一邊發言，可從未見過谷川俊太郎手中拿過任何東西，只是偶爾微微搖動謝頂的頭顱，大腦如電腦般飛速轉動，侃侃而談地雄辯，應對如流。

我經常想，方法詩人與本能詩人兼備的谷川俊太郎，他高質多產的創作能量到底從何而來呢？或許有人第一時間會想起他創作了許多愛情詩，便以為其靈感來源於那些他不斷謳歌和熱愛的女性。但細想之下，這一能量絕不源於別處，而是潛藏於他內心深處的溫柔和崇高的人道主義精神。也就是對於他者、對於自然萬物的至高無上的「大愛」。谷川剛開始寫詩時，曾為鄰居家死去的名叫「奈郎」的小狗寫過一首詩，就是最典型的例子。

奈郎
你死了
像不讓任何人知道一樣獨自去了遠方
你的聲音
你的感觸
甚至你的心情
此刻清楚地在我的眼前復活

——谷川俊太郎〈奈郎〉（節選）

巨大的同情心對於詩人來說或許就是「靈感」的來源之一。他創作的詩歌體裁豐富，相繼出版過抒情、敘述、諷刺、兒童詩、語言遊戲之歌系列等各類文體，在一次次華麗變身中不斷追求創新與變化，超越自我。

4

自康德以理性主義奠基近代哲學思想以來，「真善美」便成為人類的終極理想和目標，並被文學藝術界所廣泛接受。中國古代的許多聖賢和文人也會經常提及「善」與「美」，可是不會將其拆開去理解，而是經常作為一個整體概念去使用。中國最早的語文工具書《說文解字》中也將其二者解釋為相同意義。這兩個字對於屬羊的谷川俊太郎來說很有意思，用他自己的幽默比喻就是「吃紙的羊」。「善」即是「美」，「美」即是「善」。俯瞰他廣闊的詩歌世界，「美」遠遠淩駕於「真」和「善」之上，真正引領甚至主導著他的詩學走向。毫無疑問，他通過詩歌的語言（詞語）構建「美」，他活用語言的多樣化創作詩篇，用豐富的形式、節奏、聲音和色彩妝點「美」。

從某種層面上來說，詩是語言不確定性的產物。語言對於谷川俊太郎來說不僅僅是工具，而是存在，是生存，也是生命本身！他絕非刻意為之，而是實實在在活在自己的語言中。因為語言有著無限可能性，意義卻總是有局限性的。如此一說，貌似谷川俊太郎是一位語言至上主義者。如果你反覆品讀他的詩，便會發現語言如同他的宗教和信仰。他一生孜孜不倦，盡最大努力構築自己的詩歌王國。有時，我願意把他想像成深諳「無」和「涅槃」之道的巫女或深山老僧。但事實並非如此，現在，我更願稱之為現代詩聖。

想要分清語言和意義這二者的主次關係並不容易。意義緊緊依附著語言，語言因意義而存在。索緒爾在自己提出的語言概念「能指」和「所指」中明確表明：意義是通過語言成立的。意義一旦失去，可以再生，也可以摒棄，但語言卻永遠不會消失。依次來看，無論源於偶然還是必然，谷川俊太郎都是語言的追隨者，他深知無論寫實還是虛構、具象還是抽象，調侃還是反諷，語言都可以給予人們感動和思考，語言比意義更加擁有貫穿時空和打動人心的力量。這想必也是他嘗試創作節奏先行「語言遊戲之歌」系列韻律詩的動機之一。他創作的那些意義先行的詩歌，也很少會讓人感覺到時代和社會的局限。比起意義，語言與生命、日常生活、呼吸、靈魂、氣味、想像等建立緊密的聯繫。因此，語言帶來的形式美、語言美、意境美、表現美等豐富地存在於他的詩歌之中。當然，這些美不局限於表面，而是發展成更深層次的美，化為審美意識一直支撐著他的詩作。

5

詩人是由語言（詩句）構成的。由於用語環境的不同，風格、節奏、氣氛也不盡相同。從語言就可以判斷出一位詩人詩歌生命的長短。一首詩中只有語言的

「發現和飛躍」似乎還不夠。富有創造力和審美意識的語言，如果不能兼備思想性和精神性，其構成的詩歌也不會具備貫穿時空和觸及靈魂的力量。至今為止，谷川俊太郎寫下了無數熠熠生輝的語言，且大部分詩作在公開發表或出版前都是經過再三斟酌、修改而成。比如他十七、八歲寫下，收錄在處女詩集《二十億光年的孤獨》的詩句：

在可愛的郊外電車沿線
除了春天禁止入內

——〈春〉

向著二十億光年的孤獨
我情不自禁打了個噴嚏

——〈二十億光年的孤獨〉

還有寫於壯年時期未能收錄在原創詩集中的：

晚安，小鳥兒們
我把活著喜歡過了
早晨，我把洗臉也喜歡過了，我

——〈春的臨終〉

諸如此類的語言表現，在他各個時期的作品中不勝枚舉。本文中，我想引用他的四首短詩與大家共同鑒賞詩人的語言。

在聽得見藍天的濤聲的地方
我似乎失落了
某個意想不到的東西
在透明的昔日車站
站到遺失物品認領處前

我竟格外悲傷

——〈悲傷〉

於是我不知何時
從某地奔來
意外地站在這塊草坪上
我的腦細胞記憶著
所有該做的事情
因此我以個人的姿態
開始有關幸福的訴說

——〈草坪〉

列寧的夢消失，普希金的秋天留下來
一九九〇年的莫斯科……
裹著頭巾、滿臉皺紋、穿戴臃腫的老太婆

在街角擺出一捆捆像紅旗褪了色的胡蘿蔔
那裡也有人們在默默地排隊
簡陋的黑市
無數熏髒的聖像的眼睛凝視著
火箭的方尖塔指向的天空
胡蘿蔔的光榮今後還會在地上留下吧
——〈胡蘿蔔的光榮〉

螞蟻因它們的小而倖存
蝴蝶因它們的輕而沒有受傷
優美的語言也許能耐得住大地震
但此刻我們還是謹言慎行，將心中沉默的金
獻給壓在廢墟下的人們吧
——〈螞蟻與蝴蝶〉

〈悲傷〉、〈草坪〉、〈胡蘿蔔的光榮〉和〈螞蟻和蝴蝶〉這四首詩，都不到十行，分別寫於五〇年代、七〇年代、九〇年代和〇〇年代。細品之下，我們不僅能感受到詩句那任憑想像馳騁的釋放感，還會完全沉浸到無盡的詩意之中。每讀〈螞蟻和蝴蝶〉，我馬上就會想到安西冬衛一九二九出版的處女詩集《軍艦茉莉》裡的一行詩〈春〉：「一隻蝴蝶渡過了韃靼海峽。」谷川的這幾首短詩中，運用的語言都是由漢字和假名組成，並不晦澀難懂，卻生動保留了意義的深遠和多樣性，將流暢的語言和內在韻律完美融合，形成了獨特的節奏感（語感）。用我以前寫過的話就是：「從抽象中提取具象，從具象中呈現抽象。用平易的語言表達深刻，用簡潔的語言描述複雜」。

6

如果認為生命的質感取決於人生的態度，那麼詩人對待世界和他者的態度就會反映在作品中。倘若詩歌是理解時間的真理，那麼詩歌便沒有邊界。日語也好，法語也罷，無論什麼語種，都存在語言自身的局限性。但優質的詩歌是超越語言的，將不同語言之間的界限抹去。這就將問題轉移到了「怎樣讓詩歌超越語言和地域」的翻譯學問題上來了。

為什麼有的詩人在自己的母語中得到了很高的評價，卻不被外語接納、不被外國讀者認同呢？為什麼有的作品在母語中被視為一流，翻譯成外語後就淪為二、三流呢？谷川的詩被翻譯成數十種語言，卻沒有失去在母語中的質感和意蘊，跟母語讀者毫無二樣地引起域外讀者的共鳴這又是怎麼回事呢？一直以來，他筆下的日語並不特別，是所有日語母語者每天使用的語言。但為何一經他手，通過他心靈的過濾與洗滌，日語竟擁有了不同尋常的魅力呢？即使是已經翻譯了他二十多本詩集的我，也常會感歎稱奇。

各種原因還要究其作品。一首詩能否被外語接納，或成功地移植到外語中，不能只看翻譯本身。我在一次演講中，曾把不被外語接納的詩歌特徵歸為以下五點：

1. 文本的封閉性。
2. 缺乏普遍性。
3. 內在的「小我」與個人情緒表現得無可挑剔，但缺乏與外部廣闊世界和宇宙的關聯性。

4. 空洞的抽象性。

5. 僅僅停留在感傷的層面。

閱讀谷川俊太郎，他的詩很少有吻合以上五點的。想必他的忠實讀者們都清楚，谷川俊太郎從不將自己置身於特定社會或時代，而是在浩瀚無垠的宇宙空間盡情地去發揮想像，把視野開闊、思想深刻的語言（詩歌語言）根植於大量作品中，使其發芽、開花、結出豐碩果實。他是面面俱到的詩人，完美地平衡著感性、知性、想像力、技巧等詩學中不可欠缺的要素。他眼中的世界，口中的日語，想像力的表達，詩作裡的「真善美」等，順理成章地與「意識」融為一體，使其作品展現出強烈的完整度。他是詩人，是學人，更是語言的匠人！

二〇二〇年，他出版了帶有紀念性意味的詩集《米壽》，以此記錄在人世間生活的八十八年。耄耋之年仍筆耕不輟的谷川俊太郎，無論是在精神層面還是詩歌質感，似乎都看不出有衰退的跡象，仍然作為一名語言健將積極活躍在詩壇第一線和世界舞台，我想正是詩歌給予了他源源不斷的創作和生命活力吧。

無論是誰，肉體遲早遲晚都會隨著歲月衰竭和消逝，但谷川俊太郎的詩卻永遠不會褪色。對比他六十年前和三十年前的詩歌作品，不僅不會感覺到時間的變化，即使現在讀起來也仍充滿新鮮感。他的詩歌形成了「谷川流」獨自的日語現象。通過他的詩，你會發現日語竟是如此美麗、浪漫、富饒的語言。這也將是日後許多學者和讀者尤為關注的語言現象。

三年前，我在翻譯《松尾芭蕉俳句選》時忽然意識到，谷川俊太郎與和他相隔四百年的松尾芭蕉竟是如此相似。我雖然不知道芭蕉的長相和性格，也不知道他們倆是否都是不足一米六的海拔高度，但他們卻擁有著相同的不會被時間磨滅的天賦，以及潛藏在詩句裡那股巨大的沉默的力量。谷川俊太郎與松尾芭蕉遙相呼應，於八十九年前來到這個世界上，過著普通人的生活，寫下不同凡響的詩篇。

縱觀谷川和芭蕉的詩作，他們都將語言作為第一要義。

古池塘，
青蛙忽地跳入，
水聲響。

這首俳句被譯為眾多語種，為世界熟知。比起它的意思，是語言的超凡性使其成為了一首完成度和藝術性極高的俳句，可以說把美表現到了極致。在時間的淘汰和一代又一代人的閱讀中，如同黃金與珠寶，愈發璀璨奪目，照亮我們。作為日本的古典詩歌形式，只有一行十七個音節的俳句雖與自由現代詩類別不同，但作為詩歌的本質並沒什麼兩樣。芭蕉和谷川應該是日語之外的語種裡最為知名的兩位東亞詩人，一位古代，一位現代。他們倆都是語言的匠人，以無比敬畏之心對待語言，所以他們的作品攻破了時代和社會的壁壘，跨越了語言的界限，最終也突破了詩人自身的局限。

董泓每譯，譯自《青春與讀書》二〇二一年五月號

INK PUBLISHING 文學叢書 720

谷川俊太郎短詩選

作　　者　谷川俊太郎
譯　　者　田　原
總 編 輯　初安民
責任編輯　林家鵬
美術編輯　陳淑美
校　　對　田　原　林家鵬

發 行 人　張書銘
出　　版　INK 印刻文學生活雜誌出版股份有限公司
新北市中和區建一路249號8樓
電話：02-22281626
傳真：02-22281598
e-mail：ink.book@msa.hinet.net
網　　址　舒讀網www.inksudu.com.tw

法律顧問　巨鼎博達法律事務所
施竣中律師
總 代 理　成陽出版股份有限公司
電話：03-3589000（代表號）
傳真：03-3556521
郵政劃撥　19785090 印刻文學生活雜誌出版股份有限公司
印　　刷　海王印刷事業股份有限公司

港澳總經銷　泛華發行代理有限公司
地　　址　香港新界將軍澳工業邨駿昌街7號2樓
電　　話　852-2798-2220
傳　　真　852-2796-5471
網　　址　www.gccd.com.hk

出版日期　2023年 10月　初版
ISBN　978-986-387-682-3
定價　380元

國家圖書館出版品預行編目(CIP)資料

谷川俊太郎短詩選／谷川俊太郎 著；田原 編譯
--初版. --新北市中和區：INK印刻文學，2023. 10
面； 14.8 × 21公分. -- （文學叢書；720）
ISBN　978-986-387-682-3 (平裝)

861.51　　112015968

舒讀網